봄의 부호

봄의 부호

지은이 | 윤진옥

발행 | 2018년 5월 10일

펴낸이 | 신중현
펴낸곳 | 도서출판 학이사
출판등록 | 제25100-2005-28호

대구광역시 달서구 문화회관11안길 22-1(장동)
전화_(053) 554-3431, 3432   팩시밀리_(053) 554-3433
홈페이지_http://www.학이사.kr
이메일_hes3431@naver.com

ISBN_979-11-5854-132-3   03810

이 도서의 국립중앙도서관 출판예정도서목록(CIP)은 e-CIP 홈페
이지(http://seoji.nl.go.kr)와 (http://www.nl.go.kr/kolisnet)에서
이용하실 수 있습니다.(CIP제어번호: CIP2018012354)

* 이 책은 2018년 아르코문학창작기금의 수혜를 받아 발간되었습니다.

윤진추 시조집

學而思 | 학이사

시인의 말

유년으로 통하는 길,
마냥 깔깔대며 웃던 어린 한때로 되돌아가는 지름길,
앞으로도 담담히 가야할 길,
시조였습니다.

알곡을 갖고 싶은 욕심 내리고
제대로 영글지 못한 풋것을 주워
부끄러움도 함께 담습니다.

어설프고 서툰 걸음으로
깨지고 넘어져도
그냥,
시인으로 살고 싶습니다.

2018년 바람 화사한 봄날
윤진옥

차례

1 복사꽃 편지

2 바람의 노숙

3 정양늪에서

4 산을 오르며

5 봄의 부호

1

복사꽃 편지

진달래꽃

꽃샘 배어드는 뼈마디 쑤셔오고

봄빛 미끼에 꿴 수줍은 통점으로

물안개
꽃술에 젖는
가슴 아린 집어등

에스프레소 커피

그리움 풀어내는 목젖 아린 향을 우려
따끈히 부푼 후각 심장의 벽 허물고
부서진 자잘한 마음 빈손으로 마저 걸러

덧없고 허기진 기억 한결 깊은 목마름
그 떨림 혈맥 따라 마디마디 스며들어
피멍든 지우고픈 흉터 한 떨기 꽃이 된다

걸어온 지난 길들 속절없이 돌아보다
온몸이 바스러진 속 까만 커피 내리면
원죄의 뜨거운 전류 내 몸 깊이 흐른다

무화과

서로 다른 길을 걷던 그림자 움켜쥐고
갈라진 손톱아래 피멍만 짙어간다
한마디 내뱉지 못해 굳어버린 목울대

바람 삭혀가며 꽁꽁 싸맨 가슴 조여
자잘한 실금 따라 원죄를 풀어내는
속 깊은 무늬 짓느라 촘촘해진 그 숨결

웅크려 울먹이던 풀물 든 자국 걷고
햇살 따라 돌며 숨 다져 익힌 시간
노을빛 꽃물 머금고 하늘 향해 피어나다

옷을 다리며

후줄근한 마음 뉘어
밤 지친 늦은 다림질

마르고 패인 시간
반듯하게 다듬으며

적막을 뜨겁게 달궈
구긴 하루
쫙
펴다

시를 쓴다는 것

숨어 핀 메꽃처럼 보일 듯 보이지 않아
허공에 놓쳐버린 풍선처럼 늘 아쉬운
순간을 살다 사라진 마른 날 번개였다

곪은 생인손으로 아픔 꾹 눌러가며
힘들게 건져 올린 그물 속 싱거운 풋 말〔言〕
때때로 허탈에 빠져 통째 쏟아 방생하고

한가로이 풀 뜯으며 어미 소 젖 물리는
순명의 워낭소리 묵묵히 쟁기 끌 듯
잔설 밑 알토란 같은 뿌리의 말 캐고 싶다

못

깊이 파고드는 별난 천성 때문에
내리치는 거센 힘에 정수리를 얻어맞고도
꼿꼿이 상처 깊은 곳 불꽃 튀게 박혀 산다

삶의 무게 목에 걸고 안간힘 앙버티며
굳어가는 혈관 따라 온몸에 피가 솟아도
한 치도 굽힐 줄 모르고 삭아가는 그 기개

난장으로 다진 상처 뼛속 깊이 아려 와도
허울을 담금질하며 야위어간 시간 잡고
등줄기 욱신거려도 끝끝내 견뎌내다

자갈치 시장에서

마음 젖어 눅눅한 날 환한 마중으로
좌판 흔들리도록 사투리 퍼덕이는
인심을 되질해가며 저마다 풍경이 되고

푸근한 고향 같지만 움츠려 겉돌다가
잘 구운 꼼장어 한 점 소주 한 잔에 취해
내 안의 어긋난 흥정소리 여기에서 듣는다

김나는 돼지국밥 뽀얀 온기에 젖어
비린내 물씬 나는 영도바다 바라보자
파도는 스스로 일어 제 무게 깎아낸다

화장하는 날

파운데이션 톡톡 두드려
오늘을 포장하고

루주 곱게 발라
웃음도 덧칠하는

내 안의
또 다른 몸짓
꽃물 들어 환하다

하얀 민들레

속내 뒤집어도 펴지 못해 접힌 나래
메마른 가슴 한켠 단비로 스며들어
억눌린 시간의 틈새 싹이 트는 힘찬 음표

아프게 짓밟히고 모질게 꺾일수록
어둠 걷어내며 곧은 뿌리 깊게 내려
쓴 피가 온몸 휘돌아도 봄빛으로 웃는다

산딸기

꽃잎 잦아들며
뭉클한 피톨로 맺힌

덤불 속 농익은 관능
목젖이 아려오고

바람 끝
떨리는 숨결
아찔한 이 절정

수련

하얗게 주름지는
바람의 결을 품고

오롯한 마음 하나
힘겹게 밀어 올린다

비상을 꿈꾸며 삼킨
아름드리 쌓인 눈물

목련꽃

가슴 시린 사람 모두
서둘러 와서 보는

움켜쥔 맑은 향기
저 서툰 배냇짓에

찬바람 불어도 솟는
힘찬 태동
환하다

능소화

야윈 심장 독하게 열고
흐느끼듯
소리치듯

바람에도 젖는 가슴
기다림 펴 올린다

무심無心에 금침金針을 꽂는
후드득
지는 꽃잎

상림숲*에서

바람도 함께 품은 연리목에 끌려든다
맞닿은 떨림 속에 서로 휘어 아픈 허리
애틋해 더 저려오는 가쁜 숨결 삼키고

가볍게 이슬 툭 쏟는 연잎의 그 영롱함
간격의 미학으로 흔들리고 영글어가는
그늘이 무늬 되는 숲 그 비움이 편안하다

* 고운 최치원이 조성해 물길을 바꾼 경남 함양에 있는 숲

홍시

쪽빛 무명 폭에
달디 단 핏물이 밴

새들의 금빛 음표
툭, 힘찬 날갯짓에

농익은
아찔한 낙하
만삭의 몸을 푼다

냉이꽃

계절이 고이 품어 점점이 흩어져 핀
경건하고 가슴 저린 여린 듯 강인한 모정母情
곳곳에 초록이 잣아 올린 저 홍건한 시詩를 보라

별처럼 빛나는 꽃 맑은 웃음 아려 오고
추위에 얼지 않는 눈 속의 청보리처럼
다 줘도 늘 모자라는 허리 곧은 저 허기

뿌리에 피멍 드는 하얗게 이는 열꽃
수없이 휘청대며 아린 현을 켜는
끝없이 바스러져도 다시 피는 그리움의 꽃

복사꽃 편지

수줍은 볼우물에
봄바람 한껏 설렌

부치지 못한 한마디
점점이 꽃잎이네

연분홍
향기를 당겨
흠뻑 단물 든 시간

2

바람의 노숙

바람의 노숙

한때는 부지런히 먹이 물어 나르던 부리
구조조정 난기류에 실직의 부레를 타고
늦은 밤 빈 전철선로 야윈 들쥐 숨어든다

온정의 지폐 한 장 가슴 뭉클해진
시간을 갉아대며 목울대 조여 오는
흐릿한 보름과 그믐달 그 경계에 부는 바람

땟국 절은 걸음 떼며 화석처럼 길을 간다
이승의 시린 노숙 너덜너덜 파문 지는
어둠의 뼈를 추슬러 맨발로 오는 아침

병실의 어느 오후

정형외과 육인 병실 TV가 중환자다
리모컨 번호 따라 혈관 깊이 빨려드는
단 한 줄 처방전도 없이 꽂혀있는 링거선

실밥으로 봉합되는 무료한 드라마 속
시새움 갈기 세워 시시때때 이어지며
시간의 텃밭을 뚫고 새살이 돋는 오후

전류 흐른 실핏줄 멍한 하루 녹아들고
뒤엉킨 마음속에 올곧은 꽃대 하나
이우는 작은 봉오리 속 씨앗 하나 영근다

어느 날 일기에서

태평을 다짐하며 목쉬는 대선후보
이러저러나 민초들 배고프긴 매한가지
소나기 물무늬 같은 공약들만 은덕이다

구겨진 가방 접어 어린 목숨 던진 모정
우왕좌왕 짠한 소식 마음속 맴을 도는
이승의 끈질긴 악업 내 하루가 어질하고

산아, 산아 너마저 푹석 주저 앉을까 봐
무거운 앙금덩이 차마 더 내릴 수 없어
오늘은 도로 지고와 종량제 봉투 묶는다

출렁이는 밤

이 땅 꿋꿋이 지킨 들풀의 푸른 노래
광장의 어둠 밝히며 묵묵히 꽃이 되는
촛불의 뜨거운 메아리 계절도 아랑곳없고

먹먹한 마음으로 떨리는 손 모아 쥐며
밟혀도 일어서던 끈기가 숨을 쉬는
비대칭 도형으로 기운 큰 도시가 아찔하다

벼랑에 서서

수렁의 바닥에서 움켜진 부레 하나
유랑을 시작하는 바람의 꽃이었나
한나절 피다 져버린 연보라 부레옥잠

허리 꺾인 부표되어 고요도 숨죽이고
목이 쉰 노란 리본 먼 소식 귀 세우는
웃음의 뒤축이 닳아 절며오는 파도소리

온몸 바스러져 염장된 슬픔 따라
그림자도 멍이 드는 짓무른 가슴속에
단원고 떨어진 꽃잎 선지보다 짙붉다

보이스피싱

꽃물 든 손톱처럼
잘려나간 살비듬

발등 찍는 도끼 되어
귓속을 파고드는

공허한
곡비의 울음에도
목젖 따끔 부어온다

스팸 문자

텃밭 같은 나만의 공간 버릇없이 덥석 깨며
날마다 날아드는 달달한 연서의 윙크
눈뜨고 꿈꾸는 햇살 여유 한 잔 건넨다

여왕 같은 고객님으로 향기 젖는 오후 한때
가을 들녘 참새 떼로 노래하며 찾아와
단 한 번 그 짧은 애무 미궁으로 빨려들고

시위 떠난 빗나간 화살 시간의 속살 가르는
태풍의 눈에 감겨 뚝 잘린 나의 하루
드넓은 소통의 난바다 해진 앞섶 풀고 운다

이중섭을 만나다

서귀포 이중섭의 한 평 쪽방을 본다
먹먹한 허기가 갇힌 정지된 시간 속에
거미가 하얀 실 풀며 끌고 나온 숨소리

파닥이는 작은 행복 은박지에 아로새긴
아고리와 발가락군 애칭 아직 따스한데
끝내 온 그날의 이별 두고두고 무겁다

두 뿔 잔뜩 세워 저항하는 소를 만나
바람 휑한 겨울 한낮 멀미난 듯 어지럽다
순백의 숨결을 잇는 가슴 젖는 은지화

덕혜옹주

나라 잃은 설움 안고 빛바랜 종이꽃 되어
청댓잎 서늘한 눈빛 빈혈처럼 어지럽던
뒤엉킨 동아줄 잡고 마지막 디딘 자존

차라리 깊은 산골 촌부의 딸이기를
뼛속 깊이 사무치던 대한의 푸른 하늘
들풀의 뜨거운 함성 속울음에 삼켜 묻다

열세 살 얼어붙은 딱딱한 앙가슴 열어
부용지* 연꽃 품고 오래오래 살고 싶던
낙선재* 적막한 바람만 두 번 절을 드리네

* 부용지: 창덕궁에 있는 연못 / 낙선재: 덕혜옹주가 숨을 거둔 곳

비 내리는 청령포

서강의 굽은 물길
나도 따라 젖어든다

노산군 속울음에
걸음을 떼지 못한 채

등 넓은 관음송* 되어
업어보며 삼킨 그 날

바람 타고 건너오는
먹구름도 말을 잃고

빗소리 물결에 뜬
그림자로 적막하다

망향탑 층층 고인 눈물
바라보는 이 하루

* 관음송 : 단종의 비참한 모습을 보았고[觀], 오열하는 소리[音]를 들었
다는 뜻에서 관음송이라 불린다

송현*이의 독백

어머니, 수런대던 상여꾼 돌아가고
낙엽만 흐느끼듯 마른 몸 뒤척일 뿐
적막이 너무 깜깜해 움직일 수 없습니다

하염없이 쉬고 있어도 따가운 시선 없지만
어머니 가슴 뜯는 통곡 소리 어둠을 더해
막막한 슬픔과 두려움에 숨이 막혀 옵니다

하지만 걱정 마셔요, 여기가 별천지예요
비사벌 침묵의 바람 그 오랜 잠을 깨워
제 닳은 무릎 세우고 새 이름 지어줍니다

행여 몰라보실까 열여섯 모습 그대로
풋풋한 시간 되돌린 저를 꼭 끌어안고
어머니, 불어넣어 주셔요, 그날의 따스한 숨결

* 송현 : 경남 창녕군 송현동에서 발굴, 복원되어 송현이라 불리는 16살
　　　 시녀로 추정되는 순장 소녀

소녀 이야기

낯선 땅 모진 바람 가위 눌린 꽃숭어리
짓눌린 슬픔으로 숨소리도 금이 가고
침략의 코뚜레 꿰어 결기마저 문드러져

분노의 피가 삭아 메아리로 하얗게 번진
능욕으로 얼룩져 가시가 된 질긴 멍에
음각의 주홍글씨로 뼛속 깊이 박혀들다

들풀조차 조롱하는 뉘우침 없는 목소리
통한의 발자국마다 역사는 살아 숨 쉰다
수요일 정오의 외침 새겨듣고 사죄하라

* 위안부 피해자 정서운 님의 증언을 생전 목소리로 만든 애니메이션.
인터넷에 검색해서 볼 수 있다.

논개

가야금 가락 뜯던 가녀린 손가락마다
피멍 진 가락지에 푸른 물빛 출렁이는
도도한 논개의 기개 의연하게 감돌고

눈 속 홍매처럼 올곧은 강인함은
짓무른 가슴 훑어 물 깊은 파장 지어
치솟는 충절의 향기 의암으로 드높다

못다 핀 구국의 혼 잔물결로 바람 깨워
스란치마 폭에 스민 순국의 맥을 짚는
잔잔한 남강 줄기 따라 억겁으로 뻗치리라

길상사에서

백석과 길상화 만나 괜스레 설렌 가슴
봄 햇살 시샘하듯 여린 촉 뽑아 올려
다소곳 겨울 헤집으며 명상에 젖어든다

한 치의 발돋움으로 처마 끝 서까래 휘어
겹겹이 접은 그리움 무소유로 풀어내는
고운 춤 노래 한 자락 풍경소리로 되살고

남기신 큰 뜻 새겨 탑 돌며 합장하면
신기루 같은 다짐 깊은 고요로 내린
빈 마음 물빛으로 녹여 건너야 할 이승의 강

무영탑

정 소리 파문 지는
달빛에 녹은 그림자

보고프면 그리워하고
잊히면 잊고 사는

먼 훗날
잔잔한 영지影池
수련으로 뜨리라

뿌리 깊은 이어도

먹먹한 가슴 깊이 등불 고이 밝혀 들고
내 안을 닦아 피는 불멸의 연꽃 향기

피안의 섬 하나 지켜 산다
자맥질로 오신 그대

저 푸른 숨비소리 꿈길 환한 노래로 뜨고
온 겨레 마음 모아 굳건히 뿌리내린

먼 바다 뜨겁게 감싸 안은
맥박 뛰는 철옹성

배롱나무

비석 옆 배롱나무 밤사이 가출했다
뒤틀린 팔다리의 마디를 잘라놓고
여며온 한 가슴 딛고 홀홀 털며 떠난 뿌리

무너진 돌담 위로 바람이 길을 내고
오래된 먹감나무 대문으로 귀를 여는
꼿꼿한 가문 버리고 어디에서 숨 쉴까

데인 자국마다 꽃잎 붉게 피고
열두 폭 스란보다 오히려 더 눈부신
먼 훗날 나비처럼 가벼운 가인으로 살리라

3

정양늪에서

고향의 노래

코스모스 가녀린 노래 가을을 풀어내고
단발머리 나풀대며 들길 걷던 시간 따라
돌다리 물결에 흩어져 풀대궁만 흔들리네

금빛 나뭇잎 따다 옥색하늘 수놓으며
고갯길 오르내려 흥얼대던 콧노래는
삶의 재 잦은 굽이마다 넘어가는 장타령

너와 나 가로막은 이 거리 좁힐 수 없어
덧난 그리움은 재 너머 묻어둔 채
숨 가쁜 휘모리장단 찬이슬로 맺혀온다

장독대

부엌 옆 말끔한 터전 정연하고 투박하게
제각기 정성 담은 장 곰삭아 맛깔난다
넘침도 모자람도 없이 익어가는 깊은 맛

푸근하고 질박한 삶 빚어낸 은근과 끈기
흙냄새 전해지는 오묘한 기품 지녀
청보리 끈기를 닮아 이어져온 순박한 얼

여리고 고운 심성 치대고 비벼 만든
다부진 소박함은 어린 듯 지혜로워
땅심과 따신 햇살로 고향의 맛 지켜낸다

초가집

박 넝쿨 길게 뻗어 꽃피우고 열매 맺게
내어준 넉넉한 등 덩이마다 윤기 난다
떼 지은 고추잠자리 낮이 붉은 새참 술

용마름 엮어 올리고 새끼줄 동여매어
해마다 맵시보고 정성껏 단장하며
사계절 품어 다독여도 허물어진 한 가슴

비바람 견뎌내며 바래고 삭은 뼈대
노을빛 깊은 여운 숨죽인 문장으로
저무는 무욕의 한 생애 검버섯 돋고 있다

가마솥

소박한 은근과 끈기 시간의 진국을 우려
긴 허기 졸라매고 찰진 문장 풀어내며
좌르르 윤기가 도는 때깔 고운 젊은 한때

불길 견뎌내며 달군 패기 넘쳐나는
온몸 부대껴도 볶아내던 고소한 맛
뼈대가 휘는 줄 모르고 콧노래를 불렀다

한 움큼 온기마저 품 열어 내어주고
뒷전의 골동품으로 시나브로 야위어가도
거친 속 아리던 사랑 품어 편한 굽은 등

가족관계증명서

언 강물 녹아내리며 게워낸 숨결 위로
얼룩진 허물덩이 낭자하게 쏟아내는
명치끝 선홍빛 바람 꼬투리로 엉겨오고

휘감긴 짙은 해무 일출로 걷히는 날
한바탕 웃음에도 뼛속 아려오는
흐려도 지우지 못할 질긴 혈맥 끈끈하다

섬세한 손끝으로 터진 자국 살펴가며
맞잡은 씨줄과 날줄 그물로 엮어낸다
먼 바다 긴 항해 위해 펼쳐드는 출항기出港旗

아들

태어날 때부터 잔병치레 유난히 많아
퍽이나 애태우던 별난 보석 하나
터지는 뻥튀기 소리처럼 빈 가슴 쓸게 한다

어느 다섯 살에 할머니 빤히 보며
나직이 속삭인 말 '엄마도 얼굴이 변해?'
끄덕인 내 눈빛 보며 글썽이던 그 아들

햇살 맑고 좋은 날 호호불고 탈탈 털어
갓 바른 창호지 같고 잘 여문 풋대추 같이
투박한 질그릇으로 남은 높이 뜬 나의 보름달

네 가슴 아린 상처 허물처럼 벗겨내고
잡초처럼 자라는 오만 날마다 잘라내길
모정은 천만번 합장하는 간절한 무상 보시

바람의 메아리 · 1

동짓달 초이렛날 산 노을 지칠 무렵
두 손으로 눈 가리고 술래잡기 하자더니
혼자만 서둘러 떠난 참 무정한 오빠야

구부러진 한 가지에 앞뒤 다퉈 햇살 받고
불어온 소슬바람도 토닥이며 서로 기댄
수놓듯 한 땀씩 엮은 가물대는 시간들

원망도 실어보고 투정도 띄워보고
다툼도 그리움 되어 엉겅퀴 가시로 돋는
타고난 깊은 역마살 바람이 딛고 간다

바람의 메아리 · 2

홍련암 일출 보고파
그림자로 따라와선
알싸한 향내 따라
파도에 온몸 던진
먼 바다
그리움의 부레
쪽빛으로 떠돌고

불면으로 뒤척이다
노을처럼 충혈 되어
해당화 꽃잎 속에
나비로 내려앉은
그 붉은
여명의 노래
가슴으로 듣는다

바람의 메아리 · 3

그곳이 낙원인가 가고 오지 않음은
스치는 바람에라도 돌아보긴 했을까
한 번씩 찾아와 보면 잡초 먼저 반기고

마음껏 울 수 있는 고운 울대가 없어
밀려난 낮은 자리 버티는 간절함으로
더 깊이 내린 쑥부쟁이 질긴 속만 꼿꼿하던

직립을 거부하는 게으른 그 몸짓은
명치끝 금을 긋는 바람에 흔들리다
고혹의 망개 열매로 참 곱게도 붉었네

바람의 메아리 · 4

- 기일에

그 새벽 우리에게 휘몰아친 거센 파도
힘겨운 아우성에도 잠든 건 오직 그대뿐
투명한 유리벽에 갇힌 얼음처럼 차갑다

빗물에 취한 나무 떨군 푸른 잎 하나
바람의 익사체로 바닥을 출렁인다
쐐기로 깊이 박히며 가슴 찢는 그 낙법

나보다 젊은 나이 마흔 셋 언저리에
하늘빛 우러르는 오늘 하루라도
반가운 콧노래 부르며 달빛으로 오실까

김장

계절을 지탱해온 서슬 푸른 그 자존심
짠 소금 결이 삭아 노란 속 초연하게
찬 서리 절로 곰삭은 핏물 도는 매운 맛

비바람 버텨내며 지치고 흔들려도
모가 닳은 아픔들이 제 성질 죽이고 낮춰
겉돌던 애증의 양념으로 골고루 잘 버무린

손맛으로 단장한 풋내기 들뜨는 기운
뼛속 한기 무더위 견딜 그 뚝심 다짐하는
뜸들인 묵은지 깊은 속 겉절이가 어찌 알까

국시기*

감기로 앓아누운 날 문득 떠오른 맛
멸치 서너 마리 묵은지 숭숭 썰어
시장기 푹푹 끓이며 불어가는 식은 밥

가난의 유물이란 서글픔 내려놓고
빛바랜 양푼 대신 꽃무늬 본차이나에
건강식 재탄생하는 신분세탁 부푼 꿈

두레상 숟가락 소리 포만감 빚어내던
어린 날 더듬으며 후후 불어 한술 뜨자
그 온기 곁에 와 앉는 저녁 한 끼 따듯하다

* 국시기 : 경상도 지역에서 겨울에 주로 먹는 김치죽

막걸리

자존의 연골이 닳아 잠시 삐걱대다
저려도 자를 수 없는 실핏줄 무게에 눌려
세파에 백기를 들고 치욕의 무릎 꿇던

메마른 시간의 숨결 아스스 혈맥에 스민
피멍든 은근과 끈기 향기로 다시 산다
어둠을 뽀얗게 걸러 드넓게 펼친 나래

부드럽고 짜릿하게 풀어낸 타는 목마름
계영배 가슴에 세워 하늘빛 숨 몰아쉬면
이 강산 축배에 젖어 푸르게 깊어지다

자반고등어 한 손

견우와 직녀보다 더 슬픈 화석이 된
살아 이루지 못한 죽음보다 강한 전율
막힌 속 다 비우고서야 와락 끌어 닿은 품

칼끝보다 더 쓰라린 소금세례 견뎠지만
딱딱한 가슴속엔 찬 숨결 녹이 슬어
품어도 전할 수 없는 이 치열한 사랑법

언 심장 겨냥하는 불꽃을 삼켜가며
갈기를 휘몰아친 비린내 키질한다
마지막 피 한 방울로 끌고 오는 온 바다

간장 항아리

자잘한 실금으로
그 내력 읽어간다

짠 시간 괴 오르다
물큰하게 삭아 내린

추깃물
맑게 쟁이고
숨 쉬며
잇는 묵언

겨울 시래기

찬바람 깊이 안으며 꾸덕꾸덕 말라가는
눅진한 흔들림도 풋풋한 한때인 걸
허술히 엮인 가닥마다 웅숭깊이 품은 맛

때로는 높음과 깊음 동격인 때가 있다
으스름달 헤아리고 먼 별의 눈물도 보는
어렴풋 회오리치며 묻어나는 연륜들

정교한 논리 없고 아귀 맞는 공식 없어
푹 삶아 우려내는 헐겁고 시린 속내
다 줘도 늘 목이 타는 푸른빛 더 아리다

정양늪*에서

새벽안개 짙게 감긴 절벽 같은 알츠하이머
푹 빠진 아뜩한 두 발 옴짝달싹 못 하다가
회오리 그 바람에 감겨 미로에 뚝 떨어지고

뭉클 민달팽이 말간 촉수 내밀고
물잠자리 날아오르자 시간의 문 열리는
기억의 각질을 벗겨 마음 하나 움켜쥔다

주춤한 잉어 한 마리 펄쩍 살아 튀고
물옥잠 발돋움하며 밝혀든 환한 꽃불
햇살이 반짝 돋아나고 깨어나는 정양늪

* 정양늪 : 경남 합천에 있는 늪

4
산을 오르며

산을 오르며 · 1

때론 산도 속울음에 가슴이 허물어지고
거친 눈보라에 허기져 몸 떤다는 걸
산등성 뿌리박고 사는 저 나무들 알고 있나

헐벗은 산의 울음 공허한 메아리 되고
깊고 고요한 눈물 거르고 또 걸러내는
무채색 정갈한 약수로 가슴 적시는 것을

눈 시린 설경 앞에선 몸 낮춰 걸었지만
주저앉아 그려보는 진초록 무성한 숲
잔설 밑 잠들지 않은 푸른 꿈이 뜨겁다

산을 오르며 · 2

부질없는 날선 다툼 잠겨드는 고요 속에
짓눌린 어리석음 바람으로 날아오르다
아득한 환청으로 일어 안개비로 내린다

터지고 갈라지며 영그는 밤송이처럼
때때로 도도한 산도 찔리고 흔들려야
스스로 갈잎으로 눕는 산길이 되나보다

이승의 짙푸른 멍에 등 휘게 지고 올라
내가 산이 되고 작은 나무 되는 날
계곡물 산과 산을 잇는 행간 속 쉼터로 앉다

산을 오르며 · 3

가슴에 하늘을 들인 꼿꼿한 자부심으로
나무는 높고 낮음 그 경계에 금을 긋자
다툼에 가지 부러지고 낯빛 바꾼 잎도 지고

첫눈 내려 얼어붙은 새하얀 적막에도
구름의 걸음 따라 산그늘 잠을 깬다
그 품을 가늠할 수 없는 침묵하는 겨울 산

마음이 바람을 안고 바람은 마음에 스민
꼿꼿한 무념의 바위 단단한 가슴 깊이
매순간 품고 새겨온 말
'참는 게 이기는 것'

산을 오르며 · 4

산에 올라 산에 있으면 바람 품은 산이 되고
온몸으로 의지하는 푸른 나무가 된다
때때로 힘에 부대껴도 오르고 또 걸을 뿐

사계절 그 자리에서 너른 품도 내어주는
골짝과 가파른 고개 오르내리며 깨닫는다
사는 건 산 오름처럼 묵묵히 견디는 것

풀꽃을 만난 바람 정겨운 속삭임과
온몸으로 부딪히며 노래하는 계곡물에
어느새 과묵한 산도 실바람처럼 가볍다

산을 오르며 · 5

안개가 무리지어 스치듯 엉겨 붙은
어눌한 몸짓으로 이끼긴 산문을 열면
늦더위 녹녹치 않은 걸음을 보채는 산

때로는 가볍게 더러는 처연하게
바람은 산등성 넘고 하늘도 붉게 취한
저물녘 마주한 산정 둥걸 같은 나의 모습

빈 가슴 서걱대는 나뭇잎의 아우성과
속으로 아픔 삼키는 천형 지닌 바위들
당당히 품고 있는 산 그 기상이 도도하다

산을 오르며 · 6

눈 덮인 산정에는 숨죽인 계절의 빛
실선으로 그린 능선 나래 펼쳐 하강하는
관절의 마디 사이로 하얀 겨울이 시리다

오한과 신열에 뜬 겨울과 봄의 틈새
몸 깊이 박혀드는 바람의 결을 품은
그 아픔 귀 울음으로 맴돌다 스쳐가고

눌리고 휘어지며 산은 또 길을 내며
나무 곁에 그림자로 선 나무의 적막한 여백
묵묵히 버텨내야할 게 어찌 바람뿐이랴

산을 오르며 · 7

겨울의 지느러미 바람으로 파닥이면
시간을 괴고 앉아 고요를 누르는 바위
스스로 가파른 비탈 되어 험한 산을 당기고

조용히 끌어안은 지친 삶의 비등점
그 깊은 혈 자리마다 온기 스며들면
기우뚱 한껏 부푼 봄 가벼워 산을 날다

산을 오르며 · 8

봄비에 젖을수록 초록빛 숨이 깊은 산
꽃 멀미에 부대끼고 햇살에 얼큰히 취해
한순간 흔들리며 선 나무를 닮아간다

한 줌 그리움의 씨 산허리 고이 묻어
바람과 구름 따라 틈틈이 시詩를 캐며
땀 흘려 산정에 오르면 군살 빠진 생각의 통

겨울과 봄 휘감은 조릿대 웃음소리
계절보다 한발 먼저 풀잎마다 날아들면
줄과 탁* 팽팽한 현기증 푸른 산이 부화하다

* 부화하는 병아리가 껍질 안에서 쪼는 것을 〈줄〉, 어미가 껍질 밖에서
쪼는 것을 〈탁〉이라 하며 줄탁 동시여야 새 생명이 탄생한다.

산을 오르며 · 9

스스로 적막에 갇혀 몸을 푸는 가을 산
때때로 제 풀에 지쳐 누웠다 일어서서
벼랑을 휘돌아가는 찬바람도 길이 될까

자연의 순명 아래 펼쳐지는 화폭에도
아픔이 차오르면 저리 붉게 타오르는
수많은 나무의 귀들 내 속내 듣고 있다

웅크린 어깨 펴면 건듯 무지개로 뜬
햇살 따라 돌며 바람의 결을 짚던
오만도 부끄러움에 저만치 앞서 가네

산을 오르며 · 10

설핏한 건초냄새 먼 고향이 따라오고
바람이 길을 내는 숲이 뿜는 숨결 따라
산길은 가을 끝자락에 실핏줄로 누웠다

온전한 비움 위해 떨굼을 건뎌내며
나목으로 움츠린 건 속울음 알리는 몸짓
날마다 산을 올라도 늘 새롭고 낯설다

나뒹구는 나뭇잎 함부로 밟지 말기를
눈물도 다 증발한 바삭 마른 가슴으로
오롯이 어둠 견디며 뼈를 깎아 새긴 경전

산을 오르며 · 11

숲으로 통하는 길 높낮이 다른 등성
한걸음 오르면 한걸음의 등짐을 내린
시원한 가을바람 꿰어 슬픔을 깁고 있다

높이 솟은 저 바위 내 전생은 아니었을까
미끈한 등 괴고 서서 소낙비도 막아주고
틈틈이 작은 나무에게 내어주는 마음의 품

비바람에 흔들려도 꿋꿋한 가슴으로
묵묵히 굴레 벗고 어둠 견뎌내며
얼마나 닦고 벼리면 훨훨 나는 새가 될까

산을 오르며 · 12

가슴에 봇물 터지듯 뿌리 없는 슬픔이 스며
비 내려 꽃 지는데 오늘 산도 말이 없다
그리움 바람으로 일어 늑골 시린 골다공증

인연을 재단하여 집착은 오려 내고
무심으로 시침질해 한 땀 한 땀 공그르면
물소리 돗바늘로 꿰맨 먼 산이 와 곁에 앉네

산을 오르며 · 13

참외 깎는 손에 꽂힌 모진 칼의 응징
뚝뚝 흐르는 피 그늘의 깜짝 비명
오수에 졸던 어린 햇살 화들짝 눈을 뜬다

적막을 괴고 앉은 구름도 피곤한지
간절한 아린 눈빛 못 본체 꿈적도 않아
목 타는 신열로 핀 열꽃 한고비 쉬어간다

묵묵히 기어가는 달팽이 걸음으로
바람에 쓰러져도 들풀처럼 일어서라
마음속 오만을 털고 펼쳐드는 작은 날개

바람 깊은 인왕산

눈물 젖은 다홍치마 큰 바위 높이 걸고
그리움 수를 놓아 구중궁궐 띄워 보낸
죄인 된 어린 단경왕후 전설 속에 가둔 역사

눈보라 매서운 날 홀로 선 누각되어
퍼런 가슴 젖은 곤룡포 켜켜이 동여맨 채
초례청 못 다한 연분 옥루 삼킨 나랏님

엎드려 슬퍼하는 여리고 착한 백성
말없이 품고 가는 구름에 귀를 열어
간절히 북향 알현하는 상소문을 올리다

인수봉

백운대 걸터앉아 인수봉 바라보면
깊은 품에 안긴 신령스런 고요의 빛
이승도 물감 덧칠하듯 아픔 여며 사는 것

마음에 소리 없이 슬고 있는 시퍼런 녹
날마다 닦고 닦아도 경계를 넘나드는
체한 듯 무거운 가슴 봉우리에 내리고

동짓달 모진 한기 잠시 머문 산자락에
스무 번 얼고 녹은 스무 번의 봄 햇살로
잠 못 든 칼바람 달래 신록의 싹 틔우다

5

봄의 부호

이른 봄

찬바람 다독이며
봄 산은 단전호흡 중

물렁뼈 가다듬어
접고 펴는 관절마디

묵은 숨 사르며 피운
여린 꽃잎 수줍다

봄의 부호

겨울잠 깨어나며 몸 터는 등 굽은 나무
조가비 매단 잎새 물음표로 기웃대는
제 무게 버거운 계절 꽃샘에 넘어지고

가려운 몸 뒤척이며 툭툭 터지는 봄
직립의 연둣빛으로 느낌표 비 내리면
환하게 꽃물 드는 날 자라나는 푸른 부호

가슴속 말줄임표 꽃방울 소리로 울고
햇살 입 부풀려 뼛속 깊은 밑불 살린
뜨겁고 나른한 피돌기 마침표로 빛나다

분수

허공과 심장 사이 폭포처럼 쏟아내는
시침질한 아린 시간 눈감아도 환히 보인다
억눌린 통점 걸러내고 활짝 펼친 물의 날개

부력의 근육이 자라 제 힘껏 치솟지만
느닷없이 울컥하는 눈물에도 길이 있어
낮춤을 되새김하는 간절한 오체투지

파도

해진 속 깊이 삼킨
울음의 뼈가 자란

역류하는 먼 그리움
뿌옇게 쏟아낸다

아득한
소실점 그 너머
번져나간 시린 비명

바람의 말 · 1

힘찬 나뭇잎 가득 바람이 살고 있다
뿌리가 밀어 올린 신선한 떨림으로
잎에서 잎으로 전하며 수런대는 부호들

땅속 소식 듣는 마음의 숨은 뼈대
계절병 앓고 있던 방랑벽 추스르는
드높은 구름의 후예 흔들림도 가지런한

가벼운 음계 딛고 가락 엮어 나부끼며
내 속말 가만 듣던 나뭇잎 나를 비웃듯
하늘 뜻 스스로 깨친 푸른 바람 살고 있다

바람의 말 · 2

바람과 부딪히면 바람과 한 몸 되고
계곡물을 만나면 물소리로 녹아드는
아린 곳 어루만지며 높이 나는 날갯짓

틈과 틈 비집으며 껍질 깨고 나와
살결 고운 바람으로 풀잎 쓰다듬는
햇살에 아지랑이처럼 여운으로 남는다

허공의 무게에 눌린 마음의 소용돌이
명치 끝 얼얼하지만 끝끝내 참아내는
큰 새도 날기 위해선 바닥을 차고 오른다

주상절리

움푹 팬 마음 깊이 흉터로 굳어버린
하늘의 모스부호 풀고 있는 제주바다
제 속의 멍 닦아내는 푸른 물결 출렁, 인다

오래전 터를 잡은 바람의 노래에 젖어
먹먹한 가슴 비워 자명고로 울고 있는
다 닳은 모난 옆구리 오늘 유독 시리다

아린 속 헹구며 멍든 자존 한 필 우뚝 세워
켜켜이 절인 자락 뜨겁게 용솟음치며
끝없이 네게 가려는 저 가파른 도돌이표

단풍

선홍빛 짙은 입술
유혹을 베어 물고
진한 커피 향기
알싸하게 흩뿌리는
또 다른
완성을 위해
절규하듯 춤춘다

바람에 베인 자국
깊은 통점 휘젓는
변주곡 선율 따라
화려하게 울려 퍼진다
아찔한
빈혈로 와서
익어가는 저 낙법

강대나무*

새가 쪼는 마른나무 그 울림 깊게 번진 숲
바람의 낮은 숨소리 고요로 내려앉아
계절도 걸음 멈춘 듯 지문으로 찍히고

떨궈야 다시 돋고 비워야 채워지듯
노을빛 길을 내는 속 비운 나무부처
올곧은 초연한 모습에 눈인사 건네 본다.

구름도 불러 모아 풍경으로 쉬게 하는
고사목 맑은 목소리 생생히 번져나간
모든 것 아낌없이 내어준 거룩한 뜻 새기다

* 강대나무 : 선 채로 말라죽은 나무

은행잎 지다

뒤축이 닳고 기운 바람의 걸음 따라
뜨거운 제 무게를 맨발로 견뎌내는
밑불로 짙게 깔리며 깊은 열반에 들다

가을의 햇살보다 추락이 더 빛날 때
잔가지 뼈대마다 가벼운 음표 되어
탁류를 거르는 노래 낭랑하게 울린다

곰삭은 담금질로 득음의 나래 펴고
하늘과 땅 은밀하게 밀어를 교신하는
비움을 되새김하며 떨어지는 죽비소리

억새의 노래

휘청거려 모로 누운 성근 뼈대 곧추세워
목마름에 흔들려도 밝은 아침을 열며
뿌리에 온 힘 모으고 서걱대는 사람들

진한 시장기에 감물 든 헛헛한 저녁
머리 푼 바람의 절규 쓸고 또 쓸어내는
갈기의 그늘에 갇힌 시린 하루 접는다

무릎 꺾인 푸른 패기 숨 가쁜 메아리로
오래된 실어증 물고 훨훨 나는 새가 된다
부르튼 뼈를 태우며 비상하는 순교의 힘

고추잠자리

불길처럼 솟아오른
몸보다 더 큰 등짐

가녀린 마디에 담아
이고 지고 참 잘도 난다

네 나래
솟아날고픈
아리도록 고운 유혹

첫눈

허기진 그리움에 찬물로 여는 아침
이팝꽃 아련한 낙화 숨죽인 바람으로
등이 휜 소나무 가지 꽃밥으로 피었다

하늘과 땅의 경계 지우는 소리도 없이
짙은 어둠 견디며 미소로 환히 되살아
순백의 꽃송이로 내린 눈부신 은빛 고요

폭설

바람보다 가벼웠던 지난날 시린 언약
허공으로 흩어지며 가슴에 금을 긋는
떠돌던 마음 조각들 얼어붙어 내리고

그리움 현상하면 나비 떼로 몰려오나
눈 시린 풍경으로 빈 가슴에 쏟아지는
어둠의 하얀 그림자 허공 휘며 길을 덮어

마음의 모서리마다 결 삭아 젖어들면
햇살도 숨을 멎는 잔인한 결빙의 순간
독재자, 절대고독으로 세상을 평정하다

바람 속에서 홀로 가꾸어낸 언어미학

김세환(시조시인)

1

요즘처럼 쏟아져 나오는 시집의 홍수 속에 독자의 감성을 울리는 시는 과연 얼마나 될까. 시는 누구나 쓸 수 있고, 수많은 시들이 읽혀지고 독자들의 가슴에 남겨진다. 언어라는 매체를 통해 감정을 표현한 것이지만 시인의 진정성이 그만큼 중요하다는 것은 모두 공감한다. 보여주기 위한, 어떤 목적을 위해 쓴 죽은 시가 아니라 공감과 감동을 주는 살아있는 시를 쓰는 것이 진정한 시가 아닐까. 누구나 습작기에 경험해 본 남의 시를 표절하거나 흉내 내는 방법으로 시작된 시 창작은 자신의 인생관이 담기고 삶의 경험이 살아있는 진정한 자신의 순수한 시가 탄생하게 된다. 시는 미사여구를 사용하여 억지로 만들어지는 것이 아니라 그 사람의 가슴에서 우러나오는 참된 노래라야 한다. 어떤 심리적 문제라도 치유될 수 있는 소중한 묘약이다.

우리 민족의 소중한 정서의 표상인 시조에서야 더 말할 것도 없다. 이미 우리의 의식생활 곳곳에 배어있는 시조의 독창적인 감각과 운율은 조금도 어색함이 없는 너무도 친숙한 우리의 일상이다. 더러 시조의 변형을 시도하는 시인들도 있고 자유시 같은 시조를 쓰는 시인도 있지만 후세에 남겨줄 우리의 소중한 문학, 3장 6구의 운율과 함축미를 결코 외면해서는 안 된다.

2

윤진옥 시인으로부터 첫 시조집 원고를 받고 감회가 무척 새로웠다. 단발머리에 총명한 맑은 눈을 가진 시골 소녀가 어느새 시인이 되어 첫 시집을 낸다고 하니 필자의 가슴도 기쁨으로 젖었다. 지난날 윤 시인은 유년 시절부터 아름다운 자연 속에서 꿈을 가꾸었고 가슴속엔 언제나 바람이 일어 이미 시인의 자질을 하나씩 익히게 되었다. 여러 작품 속에 바람의 속성이 여러 가지 모습으로 표현되었는데 시골에서 자라 건강하고 맑은 심성을 가르쳐준 청정한 그 바람이다. 어쩌면 그 바람의 영향으로 오늘의 시인이 될 수 있었는지도 모른다. 그래서 이 시집의 많은 부분에서 고향의 이야기며 소재들이 등장한다. 윤 시인은 그 바람의 영향으로 벅차고 힘든 현실 속에 버티며 외유내강의 분명한 성격으로 현실을 바로 볼 수 있는 안목과 용기를 얻을 수 있었을 것이다.

> 깊이 파고드는 별난 천성 때문에
> 내리치는 거센 힘에 정수리를 얻어맞고도
> 꼿꼿이 상처 깊은 곳 불꽃 튀게 박혀 산다
>
> 삶의 무게 목에 걸고 안간힘 앙버티며
> 굳어가는 혈관 따라 온몸에 피가 솟아도
> 한 치도 굽힐 줄 모르고 삭아가는 그 기개
>
> 난장으로 다진 상처 뼛속 깊이 아려 와도
> 허울을 담금질하며 야위어간 시간 잡고
> 등줄기 욱신거려도 끝끝내 견뎌내다
>
> -「못」전문

시조문학 신인상을 받은 이 작품은 윤진옥 시인의 성품과 인생관이 그대로 잘 드러나 있다. 가정에서 흔히 사용하는 '못'의 희생적인 모습을 매우 심도 있게 표현하고 있다. 못의 역할은 자신의 희생으로 새로운 것이 만들어지고 이루어지게 하는 것이다. 깊이 파고드는 천성으로 외부의 강한 힘에 의한 고통을 참으면서 견뎌내는 것이 못의 소임이다. 이 작품 속에는 어쩔 수 없이 받아들이는 우리 현실의 아픈 한 단면을 보여주고 있다. 힘든 현실을 강한 의지로 이겨내며 지금까지 살아온 시인 자신의 삶의 이야기가 아닐까. 고향의 바람에게서 배운 강한 정신력이라 생각된다. 이 작품을 그냥 훑어봐도 금방 눈에 띄는 단어들 '천성' '얻어맞고' '박혀 산다' '앙버티며' '난장으로' '담금질' 등에서 그의 살아온 삶의 자세를 짐작할 수 있다. 윤 시인은 언제나 친절하고 상냥하여 이런 강한 이미지의 시를 쓰지 못할 것 같았는데, 평소 쉽게 사용하지 않는 이미지의 언어지만 삶의 무게를 목에 걸고 버티는 못처럼, 삶의 여건 따라 흘러 다닌 객지생활에서 가슴속 응어리진 이야기들을 깊이 묻어두고 강한 정신력으로 용감하게 열심히 살아왔을 것임을 짐작할 수 있다. '못'이라는 단어를 윤 시인으로 바꿔보면 쉽게 이해가 된다.

새가 쪼는 마른나무 그 울림 깊게 번진 숲

바람의 낮은 숨소리 고요로 내려앉아

계절도 걸음 멈춘 듯 지문으로 찍히고

떨궈야 다시 돋고 비워야 채워지듯
노을빛 길을 내는 속 비운 나무부처
올곧은 초연한 모습에 눈인사 건네 본다

구름도 불러 모아 풍경으로 쉬게 하는
고사목 맑은 목소리 생생히 번져나간
모든 것 아낌없이 내어준 거룩한 뜻 새기다

- 「강대나무」전문

시의 힘이란 이처럼 강한 영향력을 가지고 있다. 독자와
아무 상관도 없는 내용이라도 가슴 깊이 감동과 가르침을
주는 것이 좋은 시다. 어떤 시는 독자의 인생관을 바꾸기도
하고 평생의 애송시로 남기도 한다. 이 시 또한 읽으면 저
절로 마음이 숙연해지는 영향력을 가지고 있다. 이처럼 숭
고한 모습을 어디에서 볼 수 있는가. 마치 거룩한 성자의
모습이거나 관음보살의 자비로운 모습이다. 그래서 시인은
'속 비운 나무부처'라고 했다. 주위의 모든 것에 희망이고
편한 이웃이 되어주고 그늘이 되어주면서 함께 살아오다가
수명을 다한 대부분 고사목은 사람들에 의해 그냥 화목으
로 사용되었지만, 이처럼 사후에 그들의 편한 쉼터가 되어
주고 모든 자연의 안식처가 되어주는 아름다운 모습이다.
사후에 이런 모습이 우리가 바라는 진정한 모습이 아닐까.

평생 불합리한 방법으로 살아오거나 많은 사람의 마음에 상처를 주고 손가락질을 받으면서 살다 간 인생의 그 모습은 얼마나 추할까. 비록 수행자가 아니라도 인간의 속마음은 환경에 따라 쉽게 변하는 무서운 것이라 가끔 자신을 돌아볼 시간을 가지고 사는 것이 인간답게 사는 것이 아닐까.

 남에게 큰 도움은 되지 않더라도 서로 아끼고 나누며 살아가는 그 모습이거나, 본문에서 '모든 것 아낌없이 내어준 거룩한 뜻 새기다'를 가슴속에 새긴 윤진옥 시인처럼 평생 착한 심성으로 올곧게 열심히 살아오다 이처럼 감동적인 시 한 편을 남겨놓는 그 모습 또한 아름답다.

 항상 활동적이고 임무에 충실한 윤 시인의 가슴속엔 언제나 불어오는 고향의 바람이 있다. 도시의 미세먼지 속에서도 오롯이 즐겁게 생활할 수 있는 것은 고향의 편안한 흙냄새가 안고 오는 향수 때문일 것이다. 번잡한 도시 속에서 고향 친구들을 만나 체면일랑 접어두고 마음껏 고향 이야기와 속내를 드러내 보이며 수다 떨다 시간 가는 줄 모르는 경우도 많았으리라. 고향은 생활의 활력소이며 힘의 원천이다. 그래서 고향 까마귀도 반갑다고 했던가.

>   코스모스 가녀린 노래 가을을 풀어내고
>   단발머리 나풀대며 들길 걷던 시간 따라
>   돌다리 물결에 흩어져 풀대궁만 흔들리네

금빛 나뭇잎 따다 옥색하늘 수놓으며
고갯길 오르내려 흥얼대던 콧노래는
삶의 재 잦은 굽이마다 넘어가는 장타령

너와 나 가로막은 이 거리 좁힐 수 없어
덧난 그리움은 재 너머 묻어둔 채
숨 가쁜 휘모리장단 찬이슬로 맺혀온다

- 「고향의 노래」 전문

　눈을 감으면 금방이라도 노부모님이 계신 고향집으로 달려가 단발머리 나풀대며 코스모스 가을 길을 마음껏 뛰놀 수 있는 곳이다. 유년의 꿈을 아름답게 꾸며준 가을 하늘이며 흥겹게 듣고 자란 장타령 등 그 꿈의 흔적은 그대로 있지만 현실과의 거리를 어쩔 수 없어 가슴으로 젖는 그리움을 '숨 가쁜 휘모리장단 찬이슬로 맺혀온다' 처럼 묻어둘 뿐일 것이다. 객지에서 힘든 삶을 이겨내고 웃으며 살 수 있는 것은 모든 사람의 가슴속에 있는 고향이 있기 때문이다. 그러한 고향은 그리움이며, 눈물이며, 안타까움이지만 언젠가는 갈 곳이 있다는 생각만 해도 마음 든든하다.

자잘한 실금으로
그 내력 읽어간다

짠 시간 괴 오르다

물큰하게 삭아 내린

추깃물

맑게 쟁이고

숨 쉬며

잇는 묵언

-「간장 항아리」 전문

    윤 시인의 단시조 능력도 놀랍다. 단시조는 시조의 기본이며 바탕이다. 짧은 양이라 해도 긴 이야기를 단 몇 줄로 함축할 수 있는 능력과 재치가 필요하다. 시조는 길다고 해서 결코 좋은 것은 아니다. 군더더기가 없는 깔끔한 맛과 깊은 감동이 있어야 하는데 윤 시인은 이미 그 묘미와 맛을 알고 있다. 가장 정제된 내용을 표현하고 있다.

    우리의 전통 간장은 정성과 인내가 필요하다. 투박한 항아리에 담긴 메주에서 간장으로 걸러내기까지 오랜 인내의 시간을 숙성시키고 걸러내고 하는 긴 과정을 3장의 운율로 그려낸 것이다. 특히 종장에서 마치 수행의 과정, '숨 쉬며 잇는 묵언' 이라 했다. 그렇기에 우리의 간장은 우리 한식의 깊은 맛을 좌우하는 것이 아닐까. 마치 힘겨운 삶을 견디며 살아야 사람다운 사람이 되는 것과 같다.

그 새벽 우리에게 휘몰아친 거센 파도
힘겨운 아우성에도 잠든 건 오직 그대뿐
투명한 유리벽에 갇힌 얼음처럼 차갑다

빗물에 취한 나무 떨군 푸른 잎 하나
바람의 익사체로 바닥을 출렁인다
쐐기로 깊이 박히며 가슴 찢는 그 낙법

나보다 젊은 나이 마흔 셋 언저리에
하늘빛 우러르는 오늘 하루라도
반가운 콧노래 부르며 달빛으로 오실까

- 「바람의 메아리·4」 전문

　　매사에 긍정적이면서 밝은 윤진옥 시인의 가슴속엔 고향
의 바람이 안고 온 큰 아픔이 하나 있다. 고향의 많은 즐거
움 속에서 '쐐기로 깊이 박히며 가슴 찢는 그 낙법' 같은
표현처럼 이따금 가슴을 후벼 파는 지울 수 없는 혈육과의
아픈 이별이다. 먼저 떠난 자식을 가슴에 묻은 부모님 앞에
서 드러내 놓고 슬퍼할 수 없는 '나보다 젊은 나이 마흔 셋
언저리' 에 떠난 야속한 오빠와의 이별이다. 누구든 언젠가
는 다 이별해야지만 어린 시절의 든든했던 오빠였고 다정
했던 사람이었으리라. 가끔 찾아온 산소에는 잡초만 무성

하고 마음껏 울 수 없어 더 가슴이 아픈 심정이다. 살아가면서도, 좋아하는 음식을 먹을 때마다, 가족모임 자리에서 얼마나 허전하고 미안하고 안타까웠을까. '반가운 콧노래 부르며 달빛으로 오실까' 처럼 바람결에라도 듣고 싶은 목소리며 달빛에라도 한 번 찾아오기를 바라는 마음이 간절한 기일이다.

3

천성이 착하고 웃음이 밝은 사람이지만 순간의 감정에 쉽게 흔들리지 않는 윤진옥 시인은 그만큼 사리판단이 분명하고 정신적 바탕이 단단한 사람이다. 그러하기에 옳고 그름의 현실적인 시각이 정확하다. 언제나 가장 낮은 자세로 현실을 보고 판단하며 특히 역사관이나 주체의식이 매우 강하다는 것을 그의 작품에서도 쉽게 볼 수 있다.

눈물 젖은 다홍치마 큰 바위 높이 걸고
그리움 수를 놓아 구중궁궐 띄워 보낸
죄인 된 어린 단경왕후 전설 속에 가둔 역사

눈보라 매서운 날 홀로 선 누각되어
퍼런 가슴 젖은 곤룡포 켜켜이 동여맨 채

초례청 못 다한 연분 옥루 삼킨 나랏님

엎드려 슬퍼하는 여리고 착한 백성
말없이 품고 가는 구름에 귀를 열어
간절히 북향 알현하는 상소문을 올리다

- 「바람 깊은 인왕산」 전문

    조선시대 아픈 역사로 잘 알려진 중종의 왕후 단경왕후의 이야기다. 연산군 폭정으로 중종의 반정이 일어나 중종이 왕위에 올라 왕후가 된 단경왕후는 연산군을 지지한 신수겸의 딸로 역적의 딸이라는 명분으로 반정공신들의 반대로 7일 만에 왕후의 자리에서 쫓겨나 인왕산 아래 친정으로 쫓겨났다. 어린 나이에 부부인이 되어 서로 금슬 좋게 살았는데 즉위 7일 만에 생이별을 하게 되었으니 아무리 임금이라 한들 어찌 안타깝고 그립지 않았으랴. 그리울 때마다 누각에 올라 인왕산 쪽을 바라보며 '퍼런 가슴 젖은 곤룡포 켜켜이 동여맨 채 / 초례청 못 다한 연분 옥루 삼킨 나랏님' 중종이었다. 이 애절한 소식을 전해들은 단경왕후는 자신의 '눈물 젖은 다홍치마 큰 바위 높이 걸고' 그리워한 인왕산 치마바위의 아픈 역사이다. 윤 시인은 힘없는 착한 백성의 심정으로 간절히 상소문이라도 올리고 싶었으리라. 윤 시인은 이러한 역사를 찾아다니며 올바른 역사관을 다졌다.

낯선 땅 모진 바람 가위 눌린 꽃숭어리
짓눌린 슬픔으로 숨소리도 금이 가고
침략의 코뚜레 꿰어 결기마저 문드러져

분노의 피가 삭아 메아리로 하얗게 번진
능욕으로 얼룩져 가시가 된 질긴 멍에
음각의 주홍글씨로 뼛속 깊이 박혀들다

들풀조차 조롱하는 뉘우침 없는 목소리
통한의 발자국마다 역사는 살아 숨 쉰다
수요일 정오의 외침 새겨듣고 사죄하라

-「소녀 이야기」 전문

　　윤진옥 시인의 역사의식은 근대사의 치욕적인 일제강점
기에 이른다. 요즘 국제적인 문제로 대두되고 있고, 가까우
면서도 먼 나라 일제침략으로 강제로 끌려간 우리 마을 소
녀들의 슬픈 역사다. '낯선 땅 모진 바람 가위 눌린 꽃숭어
리' '음각의 주홍글씨로 뼛속 깊이 박혀들다'로 남겨진 이
분하고 억울함을 어찌 다 갚을 수 있을까. 간사한 저들의
위정자들은 아직도 한마디 사과는커녕 역사를 덮어버리려
하고 있다. 하늘이 무섭지 않은 저들은 '들풀조차 조롱하는
뉘우침 없는 목소리'일 뿐이지만 두 손으로 넓은 하늘을 가

릴 수 없듯이, 하루 빨리 잘못을 인정하고 무릎 꿇고 사죄
해야 한다. 윤 시인만이 아니라 '통한의 발자국마다 역사는
살아 숨 쉰다 /수요일 정오의 외침 새겨듣고 사죄하라'는
모든 국민의 바람이다. 이러한 치욕의 역사를 다시는 만들
지 않기 위해 온 국민이 단결해야만 된다는 의식을 가져야
한다는 값진 반성을 윤 시인은 제시하고 있다.

　　　한때는 부지런히 먹이 물어 나르던 부리
　　　구조조정 난기류에 실직의 부레를 타고
　　　늦은 밤 빈 전철선로 야윈 들쥐 숨어든다

　　　온정의 지폐 한 장 가슴 뭉클해진
　　　시간을 갉아대며 목울대 조여 오는
　　　흐릿한 보름과 그믐달 그 경계에 부는 바람

　　　땟국 절은 걸음 떼며 화석처럼 길을 간다
　　　이승의 시린 노숙 너덜너덜 파문 지는
　　　어둠의 뼈를 추슬러 맨발로 오는 아침

　　　　　　　　　　- 「바람의 노숙」 전문

　아직도 해결되지 않은 우리 사회의 가장 심각한 문제의
하나다. 경제사정이 어려워짐에 따라 직장마다 적자를 줄

이기 위해 가장 쉬운 구조조정을 하게 되었다. 가족을 위해 '한때는 부지런히 먹이 물어 나르던 부리'의 주인공은 하루아침에 갈 곳을 잃어 꺾여버린 어깨를 늘어뜨리고 제 그림자를 따라 배회하다가 '늦은 밤 빈 전철선로 야윈 들쥐 숨어든다.' 윤 시인은 지하철을 지나다니면서 찬바람과 함께 노숙하고 있는 이 안타까운 모습에 마음이 아렸을 것이다. 가난은 나랏님도 어쩔 수 없다고 했지만 우리의 현실은 너무도 심각하다. 그들이 잃은 것은 직장만이 아니라 가족도 꿈도 희망도 다 잃었다. 마치 윤진옥 시인 자신의 모습을 보는 듯 안타까운 마음이었을 것이며 '땟국 절은 걸음 떼며 화석처럼' 힘든 길을 갔을 것이다. 함께 떠돌던 바람은 오늘 또 어디서 노숙하고 있을까. 윤진옥 시인 자신도 고향을 떠나온 외로운 바람인 것을.

스스로 적막에 갇혀 몸을 푸는 가을 산
때때로 제 풀에 지쳐 누웠다 일어서서
벼랑을 휘돌아가는 찬바람도 길이 될까

자연의 순명 아래 펼쳐지는 화폭에도
아픔이 차오르면 저리 붉게 타오르는
수많은 나무의 귀들 내 속내 듣고 있다

웅크린 어깨 펴면 건듯 무지개로 뜬

햇살 따라 돌며 바람의 결을 짚던
오만도 부끄러움에 저만치 앞서 가네

- 「산을 오르며·9」 전문

현실에서 지친 심신을 풀 수 있는 방법을 윤 시인은 산에
오르는 일이라고 생각하고 틈만 나면 가까운 산에 올라 쌓
인 노폐물을 모두 날려버리고 가벼운 마음으로 하산한다.
시골에 있을 때 이미 단련된 체력이라 거침없는 행보는 오
히려 걱정스럽기도 하지만 자연이 들려주는 정신건강학을
무척이나 즐겼을 것이다. 혹자는 내려올 산을 왜 힘들여가
며 올라가느냐는 농담도 하지만 산에 오르지 않은 사람은
얻을 수 없는 것이 너무도 많다. 하산하다 다리를 다친 경
험이 있는 윤 시인이 왜 그만두지 못하는가. 무엇으로도 구
할 수 없는 소중한 것이 있기 때문일 것이다. 산을 다녀온
날 윤 시인은 청정한 시조 한 편을 얻을 수 있기 때문은 아
닐까.

초장에서 '스스로 적막에 갇혀 몸을 푸는 가을 산'이라고
표현할 수 있는 윤 시인은 '때때로 제 풀에 지쳐 누웠다 일
어서서' 길을 내는 자연의 모습에 어찌 마음을 뺏기지 않을
것이며, 아름답게 물드는 나무들이 자신의 속내를 알아듣
는 곳이니 '오만도 부끄러움에 저만치 앞서 가네'라고 노
래할 수 있었다. 윤 시인에게 산이 없었다면 힘든 현실을

어떻게 이겨냈을 것이며, 소중한 정신건강을 들을 수 있었을까. 산은 윤 시인에게 소중한 마음의 수행지다.

4

시인의 일상은 어떨까. 시의 시작은 평범한 일상에서 시작된다. 하루의 평범한 시간 속에서 무심코 지나치는 일들 속에 문득 스쳐가는 느낌이 있다. 민감한 감각의 촉수는 심도 있는 여행을 할 것이다. 평소의 많은 일을 계속하면서도, 쉼의 여가에서도 촉수에 걸려든 이미지는 좀 더 체계적인 느낌으로 조금씩 다가오면서 새로운 시가 될 것이다. 시인에겐 이때가 가장 행복하다.

> 겨울잠 깨어나며 몸 터는 등 굽은 나무
> 조가비 매단 잎새 물음표로 기웃대는
> 제 무게 버거운 계절 꽃샘에 넘어지고
>
> 가려운 몸 뒤척이며 툭툭 터지는 봄
> 직립의 연둣빛으로 느낌표 비 내리면
> 환하게 꽃물 드는 날 자라나는 푸른 부호
>
> 가슴속 말줄임표 꽃방울 소리로 울고

햇살 입 부풀려 뼛속 깊은 밑불 살린
뜨겁고 나른한 피돌기 마침표로 빛나다

- 「봄의 부호」 전문

 무심의 일상에서 깨어난 윤진옥 시인의 예리한 감각에 들
어온 것은 봄의 느낌이었다. 지겹고 긴 겨울이 따스한 햇살
의 미소에 서서히 추위의 족쇄가 느슨해지기 시작하더니
어느새 따스한 봄이 찾아온 것이다. 나날이 변해가는 봄의
힘차고 생동감 있는 이 과정을 윤 시인은 '봄의 부호'로 형
상화적 표현을 했다. 아직도 간직하고 있는 동심의 신선하
고 놀라운 착상이다. 마치 동시에서나 읽을 수 있는 내용
같다. 이른 봄의 새 잎이 돋아나면 조가비처럼 매단 잎새는
물음표로 기웃대고, '직립의 연둣빛으로 느낌표 비 내리
면' 푸른 부호로 자라나고, 즐거운 마음을 말로 다 표현할
수 없어 '말줄임표'로 우는 꽃방울, 모든 꽃과 나무에 따스
한 햇살을 불어넣어 잘 자라게 하는 '마침표'로 빛난 봄은
새로운 생명의 탄생이며 기쁨이다. 이처럼 노래할 수 있는
윤 시인의 감성은 언제나 한 해의 시작인 아름다운 봄이다.

 후줄근한 마음 뉘어
 밤 지친 늦은 다림질

마르고 패인 시간
반듯하게 다듬으며

적막을 뜨겁게 달궈
구긴 하루
쫙
펴다

- 「옷을 다리며」 전문

그러나 윤시인 역시 평범한 가정주부이다. 개인의 일보다
는 가족을 우선으로 하는 세대임을 거부할 수 없지만 자신
의 희생과 사랑에 의해 가정은 평화롭고 즐겁다고 생각하
고 그 자체를 보람으로 여기고 있는 사람이다. 더러 짜증나
고 귀찮아지기도 하지만 어렸을 때부터 할머니, 어머니로
부터 많은 것을 보고 배웠을 것이다.

윤 시인은 가정에서 가족들의 옷을 다리는 일을 귀찮은
단순한 노동이라 생각하지 않는다. 역시 시인답게 다림질
을 하면서 후줄근한 마음을 누인다고 한 표현은 마음의 공
부의 하나인 수행이라 생각했고, 하루의 힘들고 지친 생활
을 조용히 정리하는 마음의 깊이처럼 옷을 마르고 패인 시
간 반듯하게 다듬는다고 했으며, 종장에서 하루를 깔끔하
게 정리하면서 '적막을 뜨겁게 달궈 구긴 하루 쫙 펴다' 라

고 했다. 윤진옥 시인에게 옷을 다리는 일은 마음속의 모든 번뇌를 다독여 말끔하게 씻어내고 평정심을 얻는 수행의 하나이기도 하다. 옷을 다리는 일은 마음을 다듬는 일이기 때문이다.

그리움 풀어내는 목젖 아린 향을 우려
따끈히 부푼 후각 심장의 벽 허물고
부서진 자잘한 마음 빈손으로 마저 걸러

덧없고 허기진 기억 한결 깊은 목마름
그 떨림 혈맥 따라 마디마디 스며들어
피멍든 지우고픈 흉터 한 떨기 꽃이 된다

걸어온 지난 길들 속절없이 돌아보다
온몸이 바스러진 속 까만 커피 내리면
원죄의 뜨거운 전류 내 몸 깊이 흐른다

- 「에스프레소 커피」 전문

이렇게 집안일을 끝내고 잠시 쉬고 싶을 때나 생각의 깊이를 더하는 한가한 시간에 윤 시인은 커피를 즐긴다. 직접 커피를 내리고 커피의 향을 맡으면 마음은 이미 시의 숲에 와 있을 것이다. 꼭 시를 쓸 때만은 아니겠지만 서로 떼놓을 수 없는 밀접한 연결고리를 즐기며 마음의 벽을 허문다. 그래서 시인은 커피를 '그리움 풀어내는' 향이라고 했다. 커피의 자극적인 맛으로 몸은 한결 가벼워지고 맺힌 마음의 응어리도 긴장도 풀어져 한 떨기 꽃이 되는 것처럼 행복하다. 윤 시인은 검은 에스프레소 뜨거운 커피가 몸속으로 스며들어 지난날의 안타까운 어리석음을 돌아보게 한다고 했고 자신을 돌아보면서 여유 있게 마시는 뜨거운 커피 한 잔은 자신의 새로운 삶의 의욕을 불러오기 때문이다.

숨어 핀 메꽃처럼 보일 듯 보이지 않아
허공에 놓쳐버린 풍선처럼 늘 아쉬운
순간을 살다 사라진 마른 날 번개였다

곪은 생인손으로 아픔 꾹 눌러가며
힘들게 건져 올린 그물 속 싱거운 풋 말〔言〕
때때로 허탈에 빠져 통째 쏟아 방생하고

한가로이 풀 뜯으며 어미 소 젖 물리는
순명의 워낭소리 묵묵히 쟁기 끌 듯
잔설 밑 알토란같은 뿌리의 말 캐고 싶다

- 「시를 쓴다는 것」 전문

바쁜 일상 속에서도 윤진옥 시인은 자신을 버티게 해 주는 명약인 시를 쓴다. 돈이 드는 것도 아니고 손쉽게 다가설 수 있는 일이지만 힘든 작업을 감내하며 즐기고 있다. 시인이 시를 쓰는 작업이 얼마나 힘들고 얼마나 많은 불면의 밤을 보내야 하는지를 잘 드러내고 있다. 아무리 훌륭한 시인이라 하더라도 길에서 그냥 쉽게 얻어지는 것이 아니라 단 한 줄의 시에도 살아있는 영혼을 담는데 하물며 아직 영글지 못한 윤 시인의 경우에는 더 힘들고 어려운 작업일 것이다. 오죽하면 '숨어 핀 메꽃', '허공에 놓쳐버린 풍선', '순간을 살다 사라진 마른 날 번개'라고 했을까. 시는 무에서 유를 창조하는 신중한 일이며. 새로운 생명을 탄생시키는 일이기도 하다. 힘들여 찾아낸 시어도 '그물 속 싱거운 풋 말〔言〕'이 되어 통째 버려야 했다. 타당한 시어 하나를 찾기 위해 국어사전을 뒤져보기도 하고, 다른 시를 읽기도 하고, 썼다가 다시 지우기를 수없이 하다가 밤을 하얗게 밝혀도 좋았다. 시인에게 이런 작업은 옥토를 가꾸는 꼭 필요한 일이기 때문에 자신이 선택한 이 길을 순명처럼 기꺼이 받아들이는 것이다. 이 고행의 길이 싫으면 감동을 주는 살아있는 시를 쓰지 못하고 남의 작품을 표절하거나 단어 나열의 죽은 글을 쓰게 되는 것이다. 그래서 윤진옥 시인은 고향에서 보고 느낀 감성으로 서둘지 않고 묵묵히 쟁기 끌듯 잔설 밑 알토란 같은 뿌리의 말을 캐고 있는 것이다. 올바른 시인의 자세이다.

5

　윤진옥 시인의 첫 시조집 발간은 개인적으로는 소중한 삶의 기록 같은 것이라 그동안 감추고 있었던 속내를 처음으로 세상에 드러내는 부끄러움이며, 또한 진정한 감성으로 갈고 다듬어 표현한 시조를 많은 분들에게 평가 받는 긴장된 순간이기도 하다. 어떠한 결과라도 기꺼이 받아들이고 더욱 정진해야 할 것이다. 앞으로 어떤 것에도 휩쓸리지 말며, 어떤 욕심도 갖지 말고 시조 쓰는 일에만 전념해 주길 바란다. 이 간절한 당부 속에는 윤 시인이 홀로 외롭게 시조공부를 해 온 처지를 잘 알기 때문에, 이름도 능력도 없는 나에게 시 해설을 부탁했을 때 아무 생각 없이 그냥 기쁘게 받아들인 사연이 있기 때문이다.

　윤 시인은 가족과 가정을 위해 열심히 살아가던 평범한 사람이었지만, 어느 날 단발머리 시절 작은 인연의 끝을 잡고 담임이었던 나의 감언이설에 휘말려, 국어시간에서나 들었던 '시조'를 다시 알게 되고 창작의 힘든 고행의 길을 숙명처럼 받아들여 묵묵히 공부에 전념했다. 더러 원망도 하고 후회하면서도 힘든 시조공부를 그만 두지 못하고 미련스러울 정도로 열심히 배운 결과 첫 시조집을 발표하게 된 것이다. 시조문단으로 볼 때는 훌륭한 시조시인이 나왔다는 점에서 시조의 미래를 위해 참으로 다행한 일이며, 개인적으로도 좋은 결실을 맺었다는 의미에서 자랑스럽다.

홀로 창작의 고통을 견뎌내는 힘든 여건 속에서 첫 시조집을 낸 윤진옥 시인에게 박수를 보낸다. 앞으로 더 좋은 작품을 기대한다.